...TITS LIVRES DE M. LE CURÉ,

Bibliothèque du Presbytère, de la Famille et des Écoles.

PRUDENCE,

PAR

M. A. CHAILLY.

PAUL MELLIER, ÉDITEUR,

PLACE SAINT-ANDRÉ-DES-ARTS, 11.

...centimes broché ; **35** centimes cartonné. **70**

LES
PETITS LIVRES DE M. LE CURÉ,

BIBLIOTHÈQUE
du Presbytère, de la Famille et des Écoles.

———◦———

PRUDENCE,

PAR

M. ANATOLE DE CHAILLY.

———◦———

PARIS,
PAUL MELLIER, LIBRAIRE ÉDITEUR
PLACE SAINT-ANDRÉ-DES-ARTS, 11.

Approbation de Mgr l'Archevêque de Paris.

DENIS-AUGUSTE AFFRE, par la miséricorde divine et la grâce du Saint-Siége Apostolique, Archevêque de Paris.

MM. Plon et Paul Mellier, éditeurs, ayant soumis à notre approbation les ouvrages ci dessous indiqués, faisant partie d'une collection ayant pour titre : LES PETITS LIVRES DE M. LE CURÉ, BIBLIOTHÈQUE DU PRESBYTÈRE, DE LA FAMILLE ET DES ÉCOLES, savoir : *Vies de l'abbé de l'Épée, de l'abbé Sicard et Haüy*, 1 vol.; *les Petits Enfants célèbres*, 1 vol.; *le Jeune Artiste*, 1 vol.; *Prudence*, 1 vol.; *Blanche et Martha*, 1 vol.; *la Madone*, 1 vol.; *la Petite Vivandière*, 1 vol.

Nous les avons fait examiner, et, sur le rapport favorable qui nous en a été fait, nous avons cru pouvoir les recommander comme offrant aux personnes auxquelles ils sont destinés une lecture intéressante et sans danger.

Donné à Paris, sous le seing de notre Vicaire-Général, le sceau de nos armes et le contre-seing de notre Secrétaire, le dix-huit septembre mil huit cent quarante-cinq.

F. DUPANLOUP, *Vicaire-Général.*

Par Mandement de Monseigneur
l'Archevêque de Paris :

P. CRUICE, *Secrétaire de la Commission.*

IMPRIMÉ PAR PLON FRÈRES, A PARIS.

PRUDENCE.

I.

Il y avait dans une ferme de mon grand-père, où j'ai passé une grande partie de ma jeunesse, une jeune fille qui s'appelait Prudence.

Bien que la ferme dont je parle fût située dans le pays d'Avranches, sur les confins de la Normandie et tout près de la Bretagne, Prudence n'était pas Normande ; mais elle était de l'Anjou, province de France dont s'est formé depuis le département de Maine-et-Loire.

Le père de Prudence, Étienne Dumoulin, habitait la petite ville de Cholet, à quelques lieues au sud d'Angers, et tout près de la Vendée. Sa famille, depuis plusieurs siècles peut-être, tenait à loyer une belle et vaste métairie, qui appartenait à M. du Plessis, et c'était un des plus riches métayers de l'endroit. Estimé et aimé de son seigneur, qu'il avait vu élever et avec lequel ses enfants avaient joué pendant leurs jeunes années, il pouvait presque se considérer comme le propriétaire du domaine qu'il cultivait, car il ne payait qu'une redevance presque insensible, et qui n'avait pas changé depuis peut-être plus de deux cents ans, bien que par l'augmentation de prix de tout ce qui est utile à la vie, un si faible loyer ne représentât plus alors une valeur aussi considérable que dans l'origine.

L'honnête Dumoulin habitait une modeste et propre maisonnette dans les faubourgs de la ville et au milieu de sa ferme. L'estime particulière que faisait de lui, comme je l'ai dit, M. du Plessis, et la réputation bien établie d'honneur de sa famille, depuis si long-temps connue dans le pays, lui donnaient de l'influence et du crédit. Il était impossible d'ailleurs d'avoir un meilleur voisin, de rencontrer un homme plus disposé à obliger et à mériter l'affection que chacun lui accordait.

Prudence, le plus jeune de ses enfants, était la seule qui lui fût restée. Il avait perdu deux fils déjà grands, et ne se consolait de ce coup terrible qu'en considérant sa fille chérie qui semblait grandir pour son bonheur, et dont les qualités charmantes donnaient pour son âge mûr les plus douces espérances. On aurait dit que le nom donné à la jeune enfant lui avait porté bonheur. Il était impossible de trouver un enfant dans lequel brillât une plus rare et plus précoce raison. Très-jeune elle avait perdu sa mère, et elle prenait soin du ménage d'Étienne avec tant de vigilance et tant d'habileté, qu'on ne pouvait s'apercevoir de l'absence de la ménagère qu'aux larmes que répandaient quelquefois le père et la fille dans cette habitation si déserte, si souvent visitée par la mort. Les manières froides, réservées et timides de Prudence cachaient cependant un cœur affectueux, un esprit plein de courage et de dévouement. L'anecdote que je me propose de raconter en offrira plus d'une preuve à mon lecteur, s'il veut

bien m'accorder le temps nécessaire pour lire
ce peu de pages.

II.

Prudence n'avait pas plus de quatorze ans
à l'époque funeste de nos troubles civils, où
commença cette guerre terrible de la Vendée,
pendant laquelle une poignée de paysans cou-
rageux, sans organisation, sans discipline, sans
vivres et quelquefois sans pain, tint en échec
les plus braves armées de la république. Déjà
Prudence laissait deviner cette chaste et pure
beauté dont elle a brillé depuis. Ses limpides
yeux bleus rayonnaient de regards pénétrants
et doux, où se peignaient toute l'innocence de
son âme et toute la sérénité de son cœur. Ses
beaux cheveux blonds encadraient dans les flots
abondants de leurs bandeaux la tête la plus jolie
et la plus fraîche qui fût à dix lieues à la ronde ;
et quand un aimable sourire entr'ouvrait les
lèvres gracieuses de la jeune enfant, on admi-
rait avec ravissement une rangée de perles
éclatantes, qui semblaient par leur blancheur
égayer toute cette figure naturellement grave et
mélancolique. Le pénible ressentiment des
pertes qu'avait éprouvées la famille commençait à s'effacer dans le cœur de Prudence et

dans celui de son père ; des jours heureux et tranquilles se préparaient pour eux, lorsque la foudre éclata tout à coup sur les provinces occidentales de la France. Cholet fut une des premières villes qui se soulevèrent pour la guerre de la Vendée ; tous les jeunes gens prirent les armes et volèrent avec ardeur au secours de la religion et de la royauté menacées par les provocateurs des troubles dans la capitale. Étienne avait dépassé l'âge où l'on embrasse avec ardeur le parti des armes ; il était plus vieux que l'âge de Prudence n'eût pu le faire supposer ; il avait d'ailleurs à veiller sur sa

fille, et il ne crut pas que, dépositaire de ce pré-

cieux trésor, il lui fût permis d'aventurer ses
jours, et de s'exposer à lui faire perdre encore le
seul soutien qui lui fût resté dans ce monde, à
une époque surtout où il avait à craindre pour
elle tant de dangers. Au reste, il faut le dire,
Étienne était dévoué à la cause de ses compa-
triotes ; et sans sa fille, sans ses années, qui
déjà appesantissaient ses pas, il eût couru le
premier dans leurs rangs.

Les Vendéens, dès le commencement de cette
guerre mirent dans leurs opérations une singulière ardeur. Mais ils étaient encore tout à fait
inexpérimentés ; ils ne savaient ni se battre en
masse, ni obéir aux commandements de leurs
chefs, et ils n'avaient même pas encore cette
habitude des batailles qu'ils acquirent au moins
dans la suite. Aussi les républicains obtinrent
rapidement quelques premiers avantages ; et ils
purent croire que le soulèvement de la Vendée
avait été aussitôt réprimé. Cholet, dès les premiers mois de 1793, était tombé en leur pouvoir. On sait comment s'annonçaient les triomphes des républicains ; ils n'entraient dans les
villes vaincues que le fer et la flamme à la main ;
et lorsque les soldats, ivres et las de carnage,
avaient cessé de frapper, les chefs, par des
exécutions terribles, parodie sanglante de la

justice, achevaient l'œuvre que les autres
avaient commencée. Cholet, dans toute cette
époque, fut une des villes les plus maltraitées;
et les lueurs de l'incendie annoncèrent au loin
aux paroisses de la campagne que les républicains, ou, comme on disait alors, les Bleus,
étaient vainqueurs.

Le commandant des forces militaires qui
avaient envahi la ville ne tarda pas à faire une
enquête pour savoir quels étaient ceux des ha-
bitants qui avaient pris part à l'insurrection de
la Vendée, ou seulement pour connaître par la
délation et les trahisons particulières le nom
des hommes qui l'approuvaient dans leur cœur,
car à ses yeux cette approbation était un crime
que le dernier supplice devait punir. Il y eut
un homme dans la ville, j'éprouve à le dire un
invincible dégoût, qui eut le triste courage de
venir dénoncer Étienne Dumoulin, c'était Jacques Dolet, le seul ennemi sans doute qu'il eût
au monde. Il faut expliquer en deux mots le
sujet de cette inimitié. Jacques Dolet, qui avait
de l'ambition et de la cupidité, avait fait deux
ans à peu près avant cette époque un petit hé-
ritage qui le mettait dans une bonne position.
Il voulait entreprendre de vastes opérations de
culture; il prétendait avoir des moyens nou-

veaux, des procédés économiques et plus avan-
tageux par conséquent, et le petit bien qu'il
exploitait ne suffisait pas à ses vastes projets. Il
eut alors la pensée d'aller trouver M. du Plessis et de lui offrir un loyer double de la ferme
qu'occupait Étienne Dumoulin. Le seigneur,
sans même le laisser achever, le renvoya avec
mépris, et Jacques Dolet ne pardonna jamais à
Étienne l'humiliation méritée que sa propre
avidité lui avait fait éprouver. Il vit avec un
farouche plaisir l'occasion de se venger d'un
homme à l'égard duquel cependant il avait tous
les torts, et il caressait en lui-même la crimi-
nelle espérance qu'une fois débarrassé de l'honnête tenancier, il obtiendrait plus facilement
du seigneur l'objet de ses désirs. « Peut-être
même, se disait-il, car il connaissait les façons
expéditives des autorités républicaines, M. du
Plessis lui-même sera dépossédé; et alors je
pourrai recevoir la ferme de la république en
récompense du service que je lui aurai rendu,
ou au moins il me sera facile de l'acheter pour
un morceau de pain. »

Lorsque Jacques Dolet avait été trouver le général, celui-ci se préparait à sortir de la maison
commune, où il avait fixé son quartier-général,
pour aller passer la revue de ses troupes. Il

était dans un vestibule assez spacieux, entouré d'autres officiers, et le concierge de la maison, prêt à recevoir ses ordres, attendait dans l'embrasure d'une fenêtre. Le général reçut assez mal d'abord le dénonciateur, que cet accueil troubla un peu ; cependant, quand Jacques eut balbutié les mots de conspiration et de capture importante, le général prêta une oreille plus attentive.

« Voyons, dit-il avec emportement, viens par ici et explique-toi. »

Et, en disant ces mots, il avait poussé le paysan près d'une fenêtre à côté de celle qu'occupait le concierge. Jacques, qui voyait celui-ci, et qui aurait voulu, comme tous les coupables, cacher la mauvaise action qu'il allait commettre, murmurait à voix basse et cherchait à entraîner le général dans un autre coin de la salle. Le concierge, qui s'était bien vite aperçu de cet embarras, tourna le dos aux interlocuteurs, avec une apparente indifférence, et sembla regarder attentivement ce qui se passait dans la rue : il se promettait bien cependant de ne pas perdre un mot de l'entretien.

« Allons, parleras-tu ? cria d'une voix tonnante le général au paysan. Si j'attends une minute de plus, prends garde à toi ! je te fais fusiller dans une heure. »

Jacques effrayé ouvrit de grands yeux à ces brusques paroles, et il se décida enfin à parler. Il nomma alors le malheureux Étienne Dumoulin, et le représenta comme le chef d'une vaste conspiration qu'il dirigeait du fond de sa chaumière, et comme un homme dont les républicains avaient le plus grand intérêt à s'assurer. Et comme Jacques, continuant à parler, cherchait à se concilier la bienveillance du général, et à obtenir la récompense de sa lâche dénonciation :

« C'est bien ! interrompit l'officier, en voilà assez ; va-t'en maintenant ; » et accompagnant du geste ses paroles, il poussa par les épaules Jacques tremblant, qui salua profondément, et disparut avec une comique grimace.

« Lieutenant, dit ensuite le général à un officier placé près de lui, tu feras arrêter aujourd'hui même Étienne Dumoulin, habitant de cette ville, et je veux qu'on lui fasse immédiatement son procès. Écris son nom, et ne l'oublie pas : tu m'en réponds sur ta tête. »

Une minute plus tard le concierge de la maison de ville restait seul au milieu de la salle où je viens d'introduire mon lecteur ; il frémissait à la pensée du danger que courait Étienne, qui était son ami. Ce concierge était un homme généreux ; il résolut de sauver le paysan à tout prix et quel que fût le sort qui lui fût à lui-même réservé pour cette noble action. Il courut à sa demeure. Son fils, jeune garçon de quinze ans, était assis près de l'âtre où cuisait le dîner de la famille. Il lui raconta le lâche trait de Jacques Dolet et l'ordre cruel du général ; puis d'une voix entrecoupée par l'émotion :

« Va, cours, mon enfant, lui dit-il, prends les détours, évite de passer sur la place, suis la route des champs, et va avertir Étienne. Dis-lui qu'il faut qu'il parte, aujourd'hui, à l'instant même ; que s'il ne fuit pas, il est perdu, et que dans une heure et demie peut-être les soldats de la république seront dans sa maison. Va donc, hâte-toi... Ah ! continue le brave homme, Prudence n'est pas de force à le suivre, elle gênerait sa fuite, et s'épuiserait elle-même. Dis-lui qu'il m'envoie cette pauvre enfant, je la garderai ici, je la ferai passer pour ma nièce, je trouverai un prétexte, n'importe lequel, et elle sera en sûreté, j'en réponds. Va, mon ami, va, mon fils : pas un moment de perdu ! tu m'entends bien ? »

Le jeune garçon fut en quelques instants

auprès d'Étienne, et s'acquitta de sa redoutable commission. Le vieux laboureur, presque indifférent pour lui-même à un danger qui menaçait sa vie, trembla pour sa chère Prudence, et son premier mouvement fut de l'embrasser étroitement.

« Baptiste a raison, dit-il (c'était le nom du concierge), reste avec lui, mon enfant. Je ne sais pas où la Providence me conduit, à la mort peut-être; mais, toi, tu es un enfant, tu ne peux pas encore mourir. D'ailleurs ils ne soupçonneront pas, je suppose, ton jeune âge; tu pourras vivre en sûreté au milieu d'eux. Va, mon enfant, auprès de Baptiste; peut-être un jour nous pourrons être de nouveau réunis. »

La jeune fille en entendant ces paroles se mit à pleurer avec abondance. Elle ne voulait pas abandonner son père; elle le suppliait de lui faire partager ses dangers et la mort même s'il devait succomber. Étienne essaya pendant long-temps de résister; il pleurait, il priait et il ordonnait tour à tour, mais vainement. Prudence s'attachait à ses pas.

« Quoi que vous fassiez, mon père, disait-elle, je vous suivrai; vous ne repousserez pas toujours votre fille, votre pauvre Prudence, qui peut consoler vos peines. O mon bon père!

pardon, mille fois pardon de ma résistance.
Oui, je le sais bien, je suis coupable de vous
désobéir; mais quelque chose me dit que je
vous livre à vos bourreaux, si je vous aban-
donne. Je veux vous suivre. Si vous m'envoyez
chez Baptiste, je fuirai, j'irai vous retrouver,
alors il faudra bien que vous me gardiez auprès de vous.

— Vous voyez bien, dit Étienne au jeune
garçon en serrant sa fille sur son cœur et en
jetant sur elle un regard plein d'attendrissement, vous voyez bien que cette enfant veut mourir avec son père! Viens donc, malheureuse
compagne de mon infortune, viens donc,
ajouta-t-il en s'adressant à Prudence. Puis il
tendit la main au jeune homme : Partez, mon
ami, partez, s'écria-t-il, qu'on ne puisse pas
vous retrouver ici, ni même sur la route de
ma maison : ne vous perdez pas pour nous sauver. Adieu! Remerciez votre père ; la vie qu'il
me conserve lui appartient désormais tout en-
tière. »

Le fils de Baptiste s'éloigna, et Étienne fit
avec Prudence les apprêts de leur départ. Ils
mirent quelques provisions dans un havresac ;
ils s'agenouillèrent devant un crucifix qui était
suspendu derrière le lit, et appelèrent par une

courte prière la protection de Dieu sur leur

entreprise ; puis, prenant ce crucifix comme
un talisman favorable, Étienne le plaça sur son
cœur après avoir pressé de ses lèvres l'image
de notre divin Sauveur et l'avoir donné à baiser à la pieuse Prudence. Ils sortirent ensuite
de leur habitation, et s'éloignèrent en prenant
le soin de ne laisser aucune trace de départ, et
de laisser même la porte entr'ouverte afin
qu'on les crût dans le voisinage.

Cette précaution n'était pas inutile, car ils
n'étaient pas partis depuis un quart d'heure

lorsque des soldats vinrent pour s'emparer d'É-
tienne; comme il fallait faire plus d'une lieue
en campagne avant de gagner le bois qui avoi-
sinait alors la ville, et où les deux fugitifs es-
péraient trouver un asile, la troupe aurait pu
sans doute les atteindre si elle se fût mise aussitôt à leur poursuite; mais l'officier, qui vit
la porte ouverte, pensa qu'Étienne allait venir,
et il occupa militairement la maison. Il attendit une demi-heure, puis une heure, et enfin
s'inquiéta de ne pas voir arriver la proie facile qu'il s'était promise; son service exigeait
ailleurs sa présence, il résolut de se retirer et
de laisser dans la maison d'Etienne deux soldats chargés de s'assurer de la personne du
suspect, et de le lui amener aussitôt qu'ils s'en
seraient emparés, à quelque heure qu'ils en de-
vinssent maîtres. Les soldats, comme on pense
bien, restèrent vainement dans la maison abandonnée. Lorsque la nuit fut depuis long-temps
tombée, l'officier chargé de l'arrestation d'É-
tienne fut averti qu'on n'avait pas pu encore
le découvrir, et on conçut dès lors peu d'es-
poir de le prendre au piége qu'on lui avait
tendu, bien que les deux soldats préposés à
la garde de son logis eussent ordre d'y passer
toute la nuit. On décida que dès le lendemain

2

un détachement serait envoyé dans le bois, où
il ferait une attentive battue. On ne voulut né-
gliger aucun moyen de faire une capture que
l'on croyait si importante au salut de l'armée
républicaine, et l'officier avait tout de suite
pensé que c'était de ce côté qu'Etienne avait
cherché une retraite.

Pendant ce temps Étienne et sa fille s'étaient
enfuis en toute hâte ; ils avaient bientôt gagné
la forêt, et se croyaient sauvés au moment où
ils entraient sous ces épais ombrages : ils s'a-
genouillèrent de nouveau pour remercier la
Providence. Il fallait cependant s'éloigner de
Cholet, où Étienne prévoyait bien que l'on s'in-
quiéterait de son absence. Mais la jeune et dé-
licate Prudence, plus habituée à la vie séden-
taire du foyer qu'aux courses dans la campagne, suivait son père avec peine, et se sentait
déjà accablée par la fatigue de la marche. Les
fugitifs avaient fait près de trois lieues dans
cette vaste forêt ; le jour commençait à bais-
ser, et Etienne, malgré sa parfaite connaissance
des lieux, se perdait dans les mille sentiers qui
se croisaient en tous sens, car il n'avait pas
voulu prendre les routes les plus fréquentées.
Il se dirigeait avec quelque peine, en obser-
vant les étoiles qui une à une faisaient succé-

der leur douce clarté à la lumière du jour. Il
voyait d'ailleurs toute la peine que sa pauvre
fille épuisée éprouvait à le suivre. Il résolut de
chercher un abri où ils pussent se retirer pendant la nuit, sans craindre les recherches qu'on
ne manquerait pas de diriger contre eux. Il
était alors dans la partie la plus touffue du bois ;
à sa droite un étroit sentier, creusé dans le roc,
descendait au fond d'une vallée profonde ; il le
suivit et trouva bientôt dans les ravins qui
bordaient cette route sauvage et obscure une
vaste caverne dont l'entrée étroite était cachée
et fermée en partie par des bouquets d'arbres
feuillus. Le malheureux père y entra avec sa
fille, et se décida à passer la nuit dans ce triste
asile. La saison commençait à devenir plus favorable, l'air était attiédi par une bonne brise
du sud, et l'on pouvait espérer de goûter au
fond de cette caverne un repos bien précieux
pour des infortunés que la crainte du supplice
chassait de leur demeure. Etienne soutenait sa
fille avec tendresse, la pauvre enfant sentait re-
doubler ses terreurs dans ce souterrain sinistre ; cependant il la laissa un instant seule
pendant qu'il allait cueillir une brassée de
feuilles et casser quelques branches flexibles
pour lui préparer un lit qui fût plus doux que

le rocher dont la caverne était tapissée. Prudence aurait bien voulu que son père allumât un peu de feu, afin d'éclairer cette retraite si vaste que, dans l'obscurité, elle n'en voyait pas les limites, et que son immensité l'effrayait encore davantage ; mais le feu pouvait les déceler, et Prudence n'osa pas même émettre un vœu si contraire à la raison. Elle se contentait de se serrer auprès de son père, et si par quelque mouvement du vieillard elle ne se sentait plus auprès de lui, elle se rapprochait convulsivement jusqu'à ce que ses mains tremblantes eussent rencontré l'habit ou le bras d'Étienne. Prudence était courageuse à la vérité, mais le lieu dans lequel les malheureux fugitifs s'étaient retirés avait quelque chose de mystérieux et de fantastique dont il était bien pardonnable que sa jeune imagination fût impressionnée vivement. Peu à peu cependant ses yeux s'habituèrent à cette sombre demeure, qui lui parut moins obscure ; elle distingua bientôt son père à côté d'elle, et une partie de a voûte naturelle qui se développait sur sa tête ; son esprit aussi considéra avec plus de sang-froid la grotte qui l'avait d'abord épouvantée, et le calme rentra dans son imagination. Quand Etienne vit Prudence ainsi rassu-

rée, il lui offrit de prendre quelque nourriture
pour réparer ses forces. Ils firent alors un bien
chétif repas avec les provisions qu'Etienne avait
eu soin d'emporter; mais ils étaient si épuisés par
la fatigue et les inquiétudes, que le morceau de
pain et la mince tranche de lard dont ce repas
était composé leur semblèrent un mets délicieux.
Quand ils eurent ainsi calmé leurs plus pres-
sants besoins, ils pensèrent à remercier la Providence qui, au milieu de leurs peines, leur
envoyait ce moment de pur repos, présage,
pensaient-ils, d'un sort plus favorable. Etienne
s'agenouilla dans la caverne, sa fille suivit son
exemple, et le brave homme pria à haute voix pendant quelques instants, appelant les secours du
ciel sur sa fille infortunée, dont des hommes
cruels voulaient faire une orpheline, et priant la
vierge sans tache de regarder avec quelque pitié
cette enfant timide dont aucune mauvaise pensée n'avait encore flétri l'innocence.

Cet acte de piété acheva de faire descendre
le calme le plus pur dans l'âme de la pauvre
Prudence; ce qui lui restait de vague terreur
s'effaça bientôt, et la jeune enfant s'endormit
sur un lit de feuilles d'un sommeil paisible et
profond. Le bon Étienne contemplait avec ravissement sa tendre fille endormie. Sa jolie

figure semblait conserver au milieu de son repos l'empreinte d'un sourire céleste, et l'on

aurait dit que son bon ange berçait des rêves
les plus enchanteurs le sommeil de la belle enfant. Etienne, les yeux humides des larmes que
lui arrachait l'attendrissement produit par ce
spectacle, cherchait à pénétrer la destinée qui
attendait cette créature chérie, et aurait voulu
sonder les mystères de la Providence; et quand
il comparait les tristes présages que lui appor-
tait le souvenir des discordes civiles avec la
vie paisible et douce qu'il aurait voulu faire à

sa Prudence bien-aimée, le bonheur qu'il éprouvait à la contempler se changeait en amertume. Bientôt ses rêveries devinrent plus vagues, ses paupières s'appesantirent, et il passa insensiblement de la mélancolie au sommeil. Tout alors au milieu de la forêt fut plongé dans le repos.

La nuit s'était écoulée et le jour commençait à poindre; la nature, qui semble rester indifférente à nos peines, reprenait à l'aube un aspect calme et gai; les oiseaux chantaient leur hymne matinal pour saluer le lever du soleil; les arbres eux-mêmes semblaient tourner leur feuillage vers l'astre radieux, et celui qui eût pu contempler à cette heure cette pure et riche nature aurait senti sans doute son cœur navré par la douleur en pensant qu'au milieu de ces campagnes si belles, si fertiles, et d'un aspect si riant, des hommes, des concitoyens, plus animés les uns contre les autres que des étrangers, s'égorgeaient sans pitié et se poursuivaient comme le chasseur poursuit la bête fauve. Prudence se réveilla doucement au gracieux sourire du matin; elle entendit comme un léger murmure dans les feuilles autour d'elle, et, lorsqu'elle ouvrit les yeux, elle fut bien surprise de se trouver au milieu d'une grotte granitique; elle eut besoin de recueillir un instant ses souvenirs pour se rappeler les événements qui l'avaient amenée dans un pareil lieu. Quand elle se fut souvenue, elle regarda auprès d'elle pour y trouver son père; le vieillard était encore profondément endormi. Pendant quelques instants, elle admira ses traits vénérables. Elle aurait bien voulu poser sur son front un respectueux baiser; mais elle se retint dans la crainte d'éveiller le vieillard. La jeune fille cependant se leva, adressa au ciel sa naïve prière du matin, et se mit, tout à fait rassurée et comme si elle avait toute sa vie habité ce grave séjour, à se promener à petits pas dans la caverne. Elle s'approcha de l'issue, et elle vit avec une sorte de ravissement le soleil qui, comme un vaste globe de feu, se levait au milieu de la brume, dissipée bientôt par son approche, et éclairait de magnifiques reflets les arbres verdoyants de la forêt. Comme si elle eut été poussée par une force irrésistible, elle sortit de la grotte pour jouir plus à l'aise de ce magique spectacle; la douce fraîcheur du matin pénétra ses membres et sembla l'animer d'une vie nouvelle et pleine de force; tout était calme: par instant on voyait passer dans le lointain quelque lièvre rapide qui marquait sa trace

dans les herbes, ou quelque daim qui jouait au
milieu des taillis. Prudence, dont la vive et
mélancolique intelligence était faite pour comprendre le charme de cette belle nature et qui
en était frappée d'autant plus qu'elle avait été,
comme je l'ai dit, habituée à une vie séden-
taire, s'éloigna peu à peu de la caverne et
huma au milieu de la verdure l'air frais et
parfumé du matin. Elle marchait avec bonheur
dans les grandes herbes, qui montaient jusqu'à sa ceinture et la plongeaient comme dans
un bain fortifiant de douce rosée ; elle courait
pleine d'exaltation, et des larmes délicieuses
s'échappaient de ses yeux.

On ne pourrait dire le chemin qu'elle avait
fait ainsi, et elle semblait avoir oublié et la caverne et son père, qu'elle y avait laissé endormi,
lorsqu'au détour d'une route elle recula épouvantée : elle se trouvait en face d'un détachement de troupes républicaines qu'un épais ri-
deau d'arbres touffus lui avait caché jusqu'au
moment où elle était arrivée trop près d'eux
pour pouvoir les éviter ; ils étaient au repos et
gardaient un sombre silence. Prudence, à leur
aspect, pâlit d'épouvante, mais ce fut un mouvement rapide ; son courage vint à son aide et
elle se remit en un instant.

« Ohé, la fillette ! lui dit aussitôt l'officier,

que fais-tu donc dans le bois à cette heure ? Tu
vas à Cholet, sans doute?

— Vous dites vrai, répondit Prudence, qui,
bien embarrassée de ce qu'elle devait dire et
craignant de faire découvrir son père si elle-
même était découverte, ne trouvait rien de
mieux que de confirmer les pensées de l'officier
tant qu'elles ne le mettraient pas sur la trace
de l'homme qu'il cherchait.

— Et d'où viens-tu, petite? continua-t-il ;
sans doute du village que nous voyons là-bas,
dit-il en lui montrant dans l'éloignement un

clocher que l'on voyait au travers des arbres.

— En effet, monsieur l'officier, je suis de ce village, et je venais à Cholet pour faire une commission dont ma mère m'a chargée.

— Dis-moi, l'enfant, reprit l'officier, connais-tu un brigand (c'est ainsi que les républicains appelaient les paysans de la Vendée), connais-tu un brigand nommé Etienne Dumoulin que nous poursuivons depuis plus de deux heures? »

Ici Prudence pâlit de nouveau et se sentit chanceler; mais elle fit un énergique effort sur elle-même et reprit son apparente assurance.

« Tu ne l'aurais pas rencontré, par hasard, en venant du village? »

D'un coup d'œil rapide comme l'éclair, Prudence s'aperçut que le village qu'on lui avait montré était dans une direction opposée à celle de la caverne où elle avait passé la nuit; un projet est aussitôt arrêté dans sa tête, et elle répond avec une assurance qui ressemble à de la gaieté :

« Ah, monsieur l'officier, qui ne connaît pas Etienne Dumoulin à dix lieues à la ronde! Si, véritablement, je le connais, et, comme vous dites...

— On se tutoie et on s'appelle citoyen, eh,

la petite! » s'écrièrent en chœur les soldats, impatientés du respect avec lequel la jeune enfant parlait à un officier ; car, dans ce temps de confusion, tout le monde se tutoyait, sans égard pour la considération que mérite la supériorité du rang ou de l'âge. Prudence resta un instant interdite ; puis, sur un regard de l'officier et dans la pensée que peut-être elle allait être utile à son père, elle continua d'une voix ferme.

— Et comme tu dis, citoyen officier, il n'y a pas un quart d'heure que je lui parlais dans les sentiers détournés par lesquels nous prenons, nous autres gens du pays, pour abréger la route. Il marchait comme un homme qui est pressé ; il faudra que vous alliez vite pour le rejoindre. Après ça, j'ai peut-être tort de vous dire cela, ajouta-t-elle avec un repentir simulé ; car si vous voulez lui faire un mauvais parti, à ce pauvre Etienne Dumoulin, j'en serais bien fâchée : c'est un si brave homme !

— C'est un brigand qui conspire contre la république, répondit l'officier avec colère et d'une voix qui fit peur à Prudence. Allons, mes amis, continua-t-il, hâtons-nous ; il n'y a pas de temps à perdre. Tu dis qu'il y a des chemins plus courts que la grande route, fillette, re-

prit l'officier en s'adressant à Prudence ; connais-tu ces chemins ? »

La jeune fille, qui ne s'était pas attendue à
cette question, tressaillit légèrement en l'entendant, cependant il n'y avait pas à hésiter ;
dans sa pensée, il y allait du salut de son père.
Elle répondit aussitôt :

« Oui, citoyen officier.

— Eh bien, tu vas nous y conduire, » repartit celui-ci ; et, sans attendre plus long-temps,
il fit les commandements militaires pour que la
troupe se mît en marche, et l'on se dirigea vers
le village qu'il avait indiqué en suivant la courageuse Prudence.

Celle-ci n'avait qu'un seul projet, c'était d'é-
loigner les soldats de la caverne où s'était retiré
son père et de les égarer dans les détours de la
forêt. Elle s'engagea, les yeux fermés, dans les
sentiers les plus sinueux et les moins pratiqués ;
elle marchait avec une rapidité prodigieuse, et
une force mystérieuse semblait la soutenir. Son
air candide et sa fermeté séduisirent d'abord les
soldats qui la croyaient familière avec tous ces
chemins qu'elle choisissait sans hésiter ; mais il
y avait déjà plus d'une heure qu'ils marchaient,
il leur était impossible de deviner dans quelle
partie du bois on les avait amenés, et depuis

long-temps ils avaient perdu de vue dans d'épais fourrés le clocher qu'ils voulaient atteindre, quand ils commencèrent à se défier de leur guide. Le soupçon, dans l'esprit des soldats, s'accrut vite, et fit bientôt place à la peur ; ils s'imaginèrent que la petite brigande allait les livrer à une troupe de paysans et les faire égorger dans un combat inégal. Leurs murmures devinrent de plus en plus inquiétants lorsque Prudence, par les détours infinis qu'elle avait suivis, arriva à une grande route de la forêt. La troupe s'écria qu'elle ne voulait pas aller plus loin, et qu'il fallait s'arrêter là pour prendre un peu de repos. L'officier tenta vainement d'interposer son autorité, elle fut méconnue. La confiance, d'ailleurs, commençait à l'abandonner, et il craignait lui-même d'avoir aventuré ses soldats dans une funeste entreprise.

La halte avait déjà duré pendant quelques minutes, lorsque l'officier aperçut au loin un point noir sur la route ; mais il était impossible de distinguer l'objet qui frappait son attention. Il s'aida de sa lorgnette, et il s'assura que c'était un paysan qui venait de son côté. Il ne pouvait pas encore avoir vu les détachements, et l'officier, espérant que cette rencontre allait les tirer de l'anxiété dans laquelle ils étaient et peut-être

leur livrer la proie qu'ils cherchaient, ordonna
à ses soldats de se cacher dans le bois, sur le
bord de la route. Ils attendirent ainsi pendant
assez long-temps ; le cœur de Prudence battait
très-fort en ce moment. Toutes sortes de craintes
venaient assaillir son esprit ; le moins qui pouvait lui arriver, pensait-elle, c'était d'être découverte; puis elle venait à craindre que cet
homme, qui s'avançait à grands pas, ne fût son
père. Quand elle réfléchissait cependant au chemin qu'elle avait suivi, elle était bien certaine
de s'en être éloignée ; mais, hélas ! peut-être il
la cherchait, peut-être il parcourait le bois au
hasard pour retrouver sa fille, et allait se livrer
lui-même à ses bourreaux.

Elle était en proie à ces tristes pensées, lorsque l'homme qu'on attendait n'étant plus qu'à
quelques pas, l'officier fit paraître tout à coup
sa troupe sur le chemin. Prudence bondit de
joie, ce n'était pas son père. Le paysan fut d'a-
bord consterné, comme on peut croire, par
cette apparition subite; mais comme ce qu'il
avait de mieux à faire était évidemment de cacher
sa frayeur, il essaya de passer en saluant poli-
ment et en lançant à Prudence un regard d'intelligence et comme de pitié, car c'était un

cultivateur d'un village voisin, et il connaissait
très-bien Dumoulin et sa fille.

Ce regard n'échappa pas à l'officier ; il arrête
le paysan, et lui dit d'une voix brève :

« Où sommes-nous ici ?

— Tout près du carrefour aux Biches, lieutenant, répondit le paysan d'un air inquiet ; vous
voilà à trois quarts de lieue de Cholet ; si c'est
là que vous allez, vous n'en avez pas pour long-
temps. »

Il paraît en effet que Prudence s'était par hasard rapprochée de la ville dans ses courses si-
nueuses.

« Tu connais cette enfant, repartit l'officier en jetant un coup d'œil fauve et furieux sur Prudence : qui est-elle ? »

Le paysan voulut nier, et balbutia quelques mots.

« Tu la connais, repartit l'officier avec impétuosité, je le sais ; si tu ne me dis pas son nom tout de suite, et si tu essaies de me tromper, je te fais fusiller à l'instant. »

Le brave homme hésitait encore ; la pauvre Prudence voyait le danger qu'il courait, et frémissait à la pensée qu'il allait exposer sa vie pour elle.

« Ce n'est pas la peine de le questionner, dit-elle à l'officier d'une voix ferme. Vous voulez savoir qui je suis, je vais vous le dire : je suis Prudence Dumoulin, et je viens de sauver mon père. »

A ces mots, un cri de rage sortit du sein de la troupe. Ces soldats égarés ne pouvaient pas comprendre la grandeur d'un semblable dévouement, et ils voulaient, dans leur fureur, que l'officier leur livrât la noble enfant pour qu'elle fût fusillée sur l'heure.

Il faut bien l'avouer pourtant, puisque cela est incontestable, Prudence avait commis sans doute une faute en recourant au mensonge

pour sauver son père, et nos lecteurs, élevés
dans la haine de ce vice funeste, ne pourront
approuver sa conduite; mais peut-être ils lui
pardonneront en pensant à sa jeunesse et à son
inexpérience, au noble motif qui l'égarait, et
surtout à la courageuse franchise dont elle fit
preuve quand elle se crut seule en danger et à
la réponse qu'on vient de lire.

« Non, mes amis, répondit celui-ci ; il faut que
la justice de la république fasse sa besogne, et
que les brigands soient épouvantés par les châ-
timents que la nation réserve aux traîtres. Puis
s'adressant à notre jeune héroïne : Tu n'auras
pas en vain trompé des soldats de la république
française, misérable brigande; tu vas nous suivre en prison, et tu sauras ce qu'il en coûte
pour se jouer de nous. »

La troupe prit alors la route de Cholet, gui-
dée un instant par le paysan qu'ils avaient rencontré, et auquel ils donnèrent la liberté aussitôt qu'ils virent la ville devant eux. Quelques
minutes leur suffirent pour y entrer; l'officier
alla rendre un compte exact du triste succès de
sa mission au général qui l'en avait chargé, et
fit conduire à l'instant même la pauvre Prudence en prison.

Il nous faut maintenant retourner auprès

d'Etienne Dumoulin que nous avons laissé endormi dans la caverne. Quand il se réveilla, ses
premiers regards cherchèrent Prudence, et il
éprouva une angoisse inexprimable quand il se
fut assuré qu'elle n'était pas auprès de lui. Il
se leva d'un bond et s'élança tout tremblant
vers l'issue de sa retraite. Son regard, inquiet
et perçant, semblait vouloir pénétrer les massifs
les plus impénétrables de la forêt. Il cherchait
à deviner sa fille dans le mouvement des feuilles,
dans le balancement des tiges flexibles que le
vent inclinait, mais vainement ; Prudence n'était
pas dans ce canton aussi loin que son regard pouvait atteindre. Il n'avait pas d'abord appelé dans
la crainte d'éveiller l'attention des soldats qui
peut-être parcouraient la forêt à sa poursuite ;
mais toute crainte s'évanouit bientôt devant la
terreur que lui inspirait la seule pensée de la
perte de sa fille, et il se mit à parcourir la forêt
à grands pas, éperdu, égaré, l'œil en feu, rem-
plissant l'air de ses cris, et faisant retentir les
échos du nom de sa chère Prudence. Il courut
ainsi au milieu des taillis, ou sous les ombrages
des hautes futaies séculaires, pendant plus de
trois heures ; le moindre bruit dans les arbres,
le moindre frémissement du vent faisait naître
dans son cœur une douce espérance à laquelle

succédait bientôt un découragement plein d'a-
mertume. Devenu presque insensible à toutes

les douleurs du corps, il avait traversé des buissons épineux, des ronces et des herbes aux
feuilles acérées sans s'apercevoir des blessures
qu'il en avait reçues, et le sang jaillissait de ses
pieds meurtris par les cailloux, de ses mains et
de sa figure déchirées par les buissons. Ses forces, moins grandes enfin que son courage, lui
manquèrent tout à coup. Il fut obligé de s'arrêter et de prendre un peu de repos. Couché

sur le bord d'une route, il ensevelissait sa tête
blanchie dans l'herbe comme pour étouffer ses
gémissements, et l'on n'aurait pu voir, sans en
être vivement ému, la douleur navrante de ce
père infortuné. Son angoisse cependant s'apaisa
peu à peu, il reprit quelque calme, et il se mit
à prier. Agenouillé sous un dôme de verdure,
il demandait presque pardon à Dieu de l'amertume de sa douleur. « Mon Dieu ! disait-il, je
n'ai pas reçu avec assez de résignation le malheur que votre justice m'envoie, pardonnez-moi.
Vous savez combien ma fille m'est chère, et
vous savez que ma vie m'est mille fois moins
précieuse que la sienne. Cependant elle est à
vous, ô mon Dieu! vous me l'avez donnée, et
vous pouvez bien me la reprendre : j'adore en
gémissant votre ineffable justice. Seigneur,
avez-vous donc voulu sitôt ravir ma Prudence
bien-aimée au nombre de vos saints anges! »

Étienne attendit tout le jour dans la forêt, et
continua de la parcourir en tous sens; il espé-
rait vaguement que sa fille, imprudemment
égarée, errait au milieu de ces routes dont elle
ignorait les détours. Mais quand le soleil, avancé
dans sa course, se penchait déjà sur les collines
de l'occident, quand Étienne accablé vit que
le jour allait finir sans lui ramener sa fille, son

cœur se serra, toute espérance s'éteignit en lui,
et il regagna, avec un sombre abattement, sa
maisonnette des faubourgs de Cholet. On peut
croire qu'il n'hésita pas un instant à aller se
livrer à ses bourreaux, et que cette résolution
ne fut pas même pour lui l'objet d'une délibé-
tion. Que ferait-il, en effet, de la vie sans sa
Prudence? Pourquoi avait-il voulu échapper
aux poursuites des républicains, si ce n'était
pour cette enfant chérie qu'il avait à protéger,
et, maintenant qu'elle lui était ravie, quel sort
plus doux avait-il à souhaiter que d'aller la rejoindre au ciel, où depuis si long-temps déjà
il invoquait une femme toujours regrettée, et
des enfants morts tous dans le sein de Dieu? La
vie n'était-elle pas pour lui un fardeau? La
mort ne serait-elle pas un bienfait?

Son espérance ne fut pas déçue. Les soldats
républicains n'avaient pas cessé d'occuper son
habitation, et il en eut à peine franchi le seuil,
qu'il tomba en leur puissance. Quand ces hommes cruels, joyeux d'avoir réussi dans leur entreprise, se mirent à railler l'infortuné paysan,
qui, disaient-ils, n'avait pas été assez malin
pour leur échapper, et était venu comme un
étourneau se faire prendre au piége tendu par
eux, il ne leur répondit que par un mélanco-

lique sourire ; et , se laissant charger de liens
sans aucune résistance, il suivit les soldats à la
prison, au milieu des cris de triomphe qu'arrachait aux bleus (c'est ainsi qu'on appelait les
serviteurs de la république) l'arrestation d'un
prisonnier qu'ils croyaient aussi important.

Lorsque Étienne, placé entre quatre fusiliers,
franchit la porte fatale de cette prison terrible,
d'où on ne sortait dans ces temps que pour aller
à la mort, un cri déchirant se fit entendre dans
l'intérieur ; et, comme si ce cri avait fait vibrer
dans le cœur du paysan une corde bien dou-
loureuse, le brave homme frémit , et , n'ayant
plus la force de pleurer, il pencha sa tête dans
ses mains. Il entra ainsi dans la prison conduit
par un des soldats.

On a deviné sans doute quelle voix avait
poussé ce cri d'angoisse ; c'était celle de Prudence. La malheureuse enfant, jetée dans la
salle commune où l'on entassait les victimes
des massacres révolutionnaires , était accroupie
sur les dalles et plongée dans une morne insen-
sibilité lorsqu'elle entendit un de ses compa-
gnons d'infortune qui disait à un voisin d'une
voix triste et abattue : « Tenez, voilà son père
qui vient à son tour. » Et en disant ces mots
il regardait par une étroite lucarne qui donnait

sur la façade de la prison. Prudence, comme
réveillée d'un sommeil pénible, se tourne et
semble écouter encore ces paroles, qui retentis-
sent à son oreille et n'acquièrent que peu à peu
un sens complet pour son esprit ; elle se lève,
court à la lucarne, d'un geste et avec une force
mystérieuse écarte tous ceux qui lui font obsta-
cle, jette un regard sur la place qui s'étend
devant la prison, pousse un cri aigu et tombe
froide et comme sans vie... Elle a reconnu son
père.

Les prisonniers s'empressèrent autour de la
pauvre enfant, et on fut long-temps sans parvenir à lui rendre l'usage de ses sens. Quand
elle revint à elle, elle regarda d'un œil égaré
la foule qui l'entourait ; puis, sans se rendre
compte du temps qui s'était écoulé, elle courut
vers la porte, par laquelle entraient à chaque
heure de nouveaux prisonniers, en criant d'une
voix étouffée ces seuls mots : « Mon père ! mon
père ! » comme si elle eût voulu se jeter dans
les bras du vieillard ; mais celui-ci ne vint pas.
On l'avait mis au secret, et il était enfermé
dans un cachot particulier.

Dans ces temps à jamais déplorables, on sait
combien était expéditive la justice de ces tribu-
naux de sang qui parcouraient la France. Pru-

dence gémissait et pleurait sans cesse. Les autres prisonniers, qui l'aimaient et qui prenaient
en pitié une douleur si profonde, semblaient
oublier leur propre douleur pour consoler la
pauvre enfant et pour apaiser ses angoisses;
mais rien ne pouvait lui rendre le calme et l'espérance. Elle se disait en sanglotant qu'elle ne
reverrait plus son père. Les cheveux épars, elle
déchirait de ses ongles son charmant et mélancolique visage, et à chaque bruit qu'on enten-
dait dans la prison, à chaque porte qui roulait
en criant sur ses gonds, il lui semblait qu'on
entraînait son père au supplice. Pourrais-je dire
la nuit horrible et sans sommeil que passa l'infortunée Prudence, pourrais-je dire quelles heures douloureuses versa le temps d'une main
lente pour le malheureux Étienne? Chacun
d'eux, insensibles à ses propres dangers, pleurait sur les dangers de l'être qui lui était si cher.
Le père, abandonnant au ciel une vie qui lui
était à charge, demandait avec transport le salut
de sa fille; et la fille, éplorée, offrait sa vie in-
nocente en holocauste et en échange de la vie
de son vieux père. Au milieu de tant de gens
persécutés et occupés douloureusement de leur
propre sort, ce dévouement était grand et su-

blime et rendait la force à toutes les victimes de la justice révolutionnaire.

Le matin qui suivit l'arrestation d'Étienne, le général, toujours persuadé que le pauvre cultivateur était à la tête d'un vaste complot, était venu dans la prison pour le soumettre à un interrogatoire attentif. Il resta long-temps auprès de son prisonnier, puis il profita de l'occasion qui l'avait amené pour visiter les salles de cette prison qui regorgeait de victimes. Quand il entra dans le cachot où Prudence avait été

placée, tous les malheureux qui partageaient sa captivité et qui avaient appris à n'espérer aucun répit des vengeances implacables des ré-

publicains, accueillirent le général avec un
morne silence et des regards baissés qui disaient
assez qu'il n'y avait pas de grâce à attendre et
qu'on ne daignerait pas la demander. Prudence seule s'élança vers l'officier, se jeta à ses
genoux, et, d'une voix entrecoupée par les
sanglots, s'écria :

« Grâce, monsieur, grâce pour mon père ;
mon père est innocent, monsieur, je vous en
supplie, faites-moi mourir, c'est moi, c'est moi
qui suis coupable, c'est moi qui ai voulu le
soustraire à votre justice, pour lui, il s'est livré,
monsieur, il s'est livré lui-même; grâce, il est
innocent!»

Et elle continuait ainsi, disant des paroles
sans suite, qui se pressaient sur ses lèvres,
comme si elle eût voulu n'accorder aucun répit
à la miséricorde de l'officier. Celui-ci regarde
la jeune fille, il semble touché un instant du dévouement de cette enfant, qui, menacée d'une
mort prochaine ne semblait pas penser à elle-
même ; peut-être aussi fut-il frappé de l'extrême
beauté de Prudence, qui, relevée par son abattement et par la douleur, avait un mystérieux
éclat d'innocence et de bonté, il demanda son
nom, et quand il eut appris qu'elle était la fille
d'Étienne Dumoulin :

« Ton père, lui dit-il, avec une vivacité dont
il semblait vouloir tempérer l'âpreté, est coupable envers la république, je ne puis rien pour
lui, la justice prononcera. Mais toi, la petite,
quel âge as-tu, et pourquoi es-tu ici ? »

Prudence lui répondit qu'elle avait quatorze
ans, et le gardien qui l'accompagnait lui apprit
par quel beau dévouement elle avait essayé de
détourner le glaive suspendu sur la tête de son
père. L'officier prit un air violent que démen-
tait assez une larme d'attendrissement qui roulait dans ses yeux, comme s'il voulait cacher
son émotion et voiler en lui tout ce qui restait
d'humain et de bon :

« Sans doute, dit-il à Prudence, tu es coupable et tu mérites la mort. On doit préférer sa
patrie à son père. Ton père est l'ennemi de sa
patrie, ton devoir était de le livrer à la justice. » Puis radoucissant sa voix il semblait vouloir protester dans son cœur contre ces abomi-
nables paroles, et il ajouta : « Tu es bien jeune
cependant, et cela part d'un bon naturel. » Et
s'adressant au gardien : « Qu'on élargisse cette
enfant, elle a agi sans discernement. Sors d'ici,
dit-il ensuite à Prudence, et remercie la république de la grâce qu'elle te fait. »

Prudence resta insensible à la nouvelle de sa

délivrance, ce n'était pas sa grâce qu'elle demandait, c'était celle de son père. Elle s'attachait aux pas du général, elle couvrait ses mains de baisers, s'efforçant ainsi de le fléchir, jusqu'à ce que celui-ci importuné, et sans doute plus touché qu'il ne voulait le paraître de la noble obstination de la jeune fille, ordonna qu'elle fut mise hors de la prison de gré ou de force, et il fallut que les gardiens, émus par les prières de la tendre fille, employassent presque la violence pour lui rendre la liberté.

III.

Prudence, tout en larmes, erra long-temps par la ville. Elle courait sans relâche chez les anciens amis de son père, chez ceux qui étaient attachés au vieillard par les liens de l'amitié et de la reconnaissance, mais les troupes de la république avaient trop bien su frapper de terreur la population de la ville, pour qu'aucun de ces anciens amis osât s'employer de quelque façon que ce fût au salut du vieillard. Chacun tremblait pour soi-même, la prière et les larmes étaient transformées en crimes, la pitié était jugée digne de mort. Personne, il faut le dire, n'osa tenter une démarche en faveur du malheureux Etienne.

Prudence cherchait vainement en elle quelque moyen d'être utile à son père. Plus elle considérait toute l'étendue de son malheur et plus il lui paraissait sans espérance. Un remords cruel d'ailleurs et peut-être exagéré pesait sur son cœur. Elle s'avouait que son amour filial avait agi sans discernement, et que son père peut-être serait à cette heure éloigné de la ville et hors de tout danger, si elle-même n'avait pas résisté aux conseils de la raison. « Sans doute, se disait-elle, c'est moi, c'est ma faiblesse qui a perdu mon père, si j'avais consenti à le quitter pour quelque temps, si j'avais accepté le refuge que m'offrait le concierge Baptiste, mon père, mon pauvre père, libre des soins que lui imposait ma jeunesse, aurait dans la nuit traversé la forêt, il ne craindrait pas pour sa vie. Oh ! fatale désobéissance, tu sembles plus perfide encore et plus dangereuse lorsque tu te caches sous les apparences de l'amour et du dévouement. »

Prudence déplorait ainsi une obstination qu'on pouvait regretter mais qui partait véritablement d'un sentiment trop généreux pour qu'on la lui reprochât. Seule, abandonnée à ses propres forces, c'est-à-dire réduite à l'impuissance, elle rentra dans sa maisonnette, et se

mit à prier ; c'était toujours ainsi que la chère
enfant cherchait à calmer ses douleurs, elle les
déposait dans le sein de Dieu qui est le meilleur
des pères et les offrait à sa miséricorde en expia-
tion de ses fautes. Une inquiétude vague et en
quelque façon mystérieuse l'agitait malgré elle,
il lui fut impossible de rester plus long-temps
sous ce toit où naguère la vie s'était pour elle
écoulée si tranquille et si pure, elle prit un petit paquet soigneusement enveloppé qu'elle ca-
cha dans son tablier et alla, comme poussée par
une force irrésistible, vers la prison dans laquelle
gémissait son père.

Cette prison occupait alors l'extrémité de la
ville ; d'un côté elle se liait à l'un des faubourgs
et de l'autre elle dominait sur des campagnes.
Prudence en fit vingt fois le tour : son regard
avide cherchait à découvrir les traits chéris de
son père. Et toujours en vain. Quelquefois un
frisson venait glacer ses membres. Celui qu'elle
cherchait était-il encore en effet derrière ces
épaisses murailles? Qui pouvait le dire ? C'était
la veille qu'il y était entré et il y avait bien des
malheureux qui n'y attendaient pas si longtemps
la mort réservée à leur innocence. Ses terreurs
lui paraissaient à certains moments des pressen-
timents sinistres, et alors elle se croyait cer-

taine que son père avait succombé aux vengeances des vainqueurs. Puis elle craignait, la
pauvre enfant, d'éveiller les soupçons par sa
présence. Sa jeunesse la protégeait ; les senti-
nelles qui ne la connaissaient pas, la prenaient
pour un de ces enfants qui venaient par troupes
jouer dans les campagnes, et pour détourner
leur attention elle semblait prendre un grand
soin à cueillir quelques fleurs de printemps le
long des haies qui bordaient la route, et toujours ses regards portés du côté de la prison
fatale semblaient vouloir en percer les épaisses
murailles. Tout à coup elle fait un bond qu'elle
réprime bientôt, en voyant le factionnaire qui
se dirigeait vers elle, puis elle se retourne et
cueille de plus belle, avec une vivacité fébrile,
des petites fleurs dans l'herbe ; le factionnaire
s'éloigne, elle regarde encore ; plus de doute,
elle ne se trompe pas, c'est son père qui est devant elle, sa figure vénérable semble rayonner
d'une joie depuis long-temps oubliée, quand il
voit sa fille en liberté. Prudence elle-même
éprouve une joie ineffable en voyant son père par
la fenêtre étroite de son cachot. Il est dans les
fers sans doute, la mort est suspendue sur sa
tête, mais il vit enfin, et je ne sais quelle espérance bondit dans le cœur de la jeune fille. Le

regard toujours dirigé vers le factionnaire,
Prudence adresse à son père des baisers pleins
de tendresse, puis elle lui montre le paquet caché dans ses vêtements, en lui indiquant avec
un geste de mauvaise humeur le soldat qui la
surveille. La nuit commençait à tomber et l'on
venait de relever la sentinelle, Prudence voit
tout à coup une corde mince et qui se confond
presque avec la muraille, couler le long de l'é-
difice ; elle choisit un moment où le factionnaire nouveau dépasse une encoignure de la
prison, elle passe le long du mur et avec une
rapidité que doublent l'espérance et la gravité
de la circonstance, elle attache son petit paquet qui remonte rapidement. Tout cela s'é-
tait fait sans que la sentinelle s'en fût aperçue,
et il fallait qu'une Providence bienveillante veil-
lât sur le père et la fille, tant la haine, résultat
inévitable des guerres civiles, rendait la sur-
veillance active et sévère.

Prudence cependant ne pouvait s'éloigner de
la prison ; à chaque instant elle craignait de
devenir suspecte, elle craignait d'être recon-
nue par quelque soldat pour avoir été pri-
sonnière elle-même, et qu'on ne devinât qu'elle
cherchait à entrer en intelligence avec son père;
et cependant une voix secrète lui disait qu'elle

devait rester dans ce lieu devenu désert aux
approches de la nuit. Elle affectait, pour dé-
router la malveillance, une gaieté qu'elle était
loin d'éprouver : elle courait et sautait dans la
prairie d'un air joyeux, et semblait parfaite-
ment indifférente à tout ce qui se passait du
côté de la prison. Comme elle passait derrière
une haie vive qui la séparait de la route, elle
entendit une voix qui l'appelait : « Fillette !
fillette ! » s'écriait cette voix. Prudence se retourne. C'était le factionnaire qui l'appelait.
Elle frémit. Elle pense quelle est découverte,
la fuite cependant était impossible, ou aurait
achevé de la trahir. Elle s'avance en tremblant.
Le militaire était, comme on dit, un joyeux
compagnon, né dans les provinces du midi,
dont il avait conservé l'accent, et qui paraissait
encore égayé par quelques libations de plus que
de coutume. La faction l'ennuyait : deux heures
passées dans cette solitude lui paraissaient trop
longues, et tout simplement il voulait causer.
On sait que dans ce temps la discipline était
très-relâchée et ne laissait aux chefs aucune
influence sur les soldats. Le factionnaire s'a-
perçoit du trouble de Prudence, et l'attribue
à l'embarras qu'elle éprouve de paraître devant une vieille moustache. Il la rassure et en-

tre en causerie avec elle. La jeune fille, sans but, sans projet, sans une idée arrêtée, entrevoit cependant l'avantage qu'il peut y avoir pour elle à se concilier la bienveillance d'un des gardiens de son père : elle répond avec enjouement et souvent avec esprit. Le soldat la questionne sur mille sujets à la fois avec une vivacité de ton et une apparente bonhomie qui empêchent toute défiance : il parle avec enthousiasme de la république qu'il sert, et semble vouloir communiquer à la jeune fille son amour patriotique. La conversation durait ainsi depuis long-temps lorsque le soldat s'interrompit d'un ton plaintif :

« Peste soit du vent du soir ! dit-il ; c'est un maigre souper qu'on me fait faire là. Si j'avais seulement un verre de vin en guise de pièce d'estomac ; un verre de vin réchauffe, et, avec ce petit intermède, la faction passerait bien plus vite. »

Prudence offrit au soldat d'aller chercher ce qu'il désirait ; elle ne demeurait pas loin, et en quelques minutes elle serait revenue, disait-elle, avec quelques gouttes d'un bon vin que son père réservait toujours pour les bonnes occasions, et qu'elle serait charmée d'offrir à un soldat de la république.

Le soldat accepta sans façon, et Prudence courut pour le satisfaire. Chemin faisant elle se mit à réfléchir au parti qu'elle pourrait tirer de l'occasion qui lui était offerte; et comme si une lumière soudaine eût traversé son esprit, elle se mit à courir de toutes ses forces jusqu'à sa demeure. Elle eut bientôt pris le vin qu'elle destinait au soldat, puis elle revint vers la prison. En passant dans une rue étroite elle entend une voix qui l'appelle : c'était celle du fils de Baptiste, le concierge que nous avons déjà vu, et qu'accompagnait un autre jeune garçon bien connu de Prudence, qui avait joué souvent avec elle. Interrogée sur ce qu'elle fait à cette heure dans la ville, elle se penche à l'oreille de l'un des jeunes gens, lui dit quelques mots en secret, un instant les trois amis se concertent; le fils de Baptiste répond à Prudence ces seuls mots : « C'est bien, comptez sur nous, » et les jeunes gens se séparent.

Prudence arrive auprès du factionnaire, qui l'attendait avec quelque impatience. La jeune fille lui verse un large verre de vin généreux dont le vieux soldat ne laisse pas une goutte. A celui-ci en succéda un second, et bien que le Gascon s'excusât toujours de continuer ses libations, il ne savait pas toujours résister aux instances pleines de grâce de Prudence. Bientôt sa langue s'épaissit, les paroles ne sortaient

plus que confuses de sa bouche ; ses jambes, moins affermies, pouvaient avec peine parcourir l'espace où s'étendait sa faction, et Prudence voyait le moment prochain où il serait incapable d'avoir aucun sentiment de ce qui se passerait autour de lui. Les choses en étaient à ce point lorsque Prudence entendit le timbre vibrant et grave de l'horloge. Elle frissonna en pensant que le factionnaire n'avait plus qu'un quart d'heure à rester à son poste. Il fallait se hâter : elle franchit la route, va derrière la haie : « Ah ! bien, dit-elle d'une voix sourde

en voyant ses deux amis fidèles au rendez-vous
qu'elle leur avait donné, vous êtes de braves
gens. » Elle regarde alors à la fenêtre où elle
avait vu paraître son père. Le vieillard ne perdait
pas de vue sa fille bien-aimée. Il lui fait un signe
que la jeune enfant comprend, et auquel elle
répond par un geste expressif. Deux mots suf-
firont pour expliquer cet échange de signes. Le
paquet que Prudence avait si heureusement
fait parvenir à son père était une lime enve-
loppée dans un papier sur lequel était écrit :
«Hâtez-vous, et, au premier signe, tenez-vous
prêt. Je veille sur vous, et je ne quitte pas ce
lieu où vous êtes. » Le brave Étienne avait scié
les barreaux qui fermaient les fenêtres de
sa prison, et sur un signe de sa fille il s'était
jeté en dehors de cette fenêtre en se laissant
glisser le long d'une corde qu'il avait fabriquée
avec ses vêtements. Les deux jeunes amis de
Prudence s'élancent d'un bond vers le soldat
ivre et chancelant, le renversent, lui couvrent
la bouche d'un bâillon préparé à l'avance, et
le tiennent en respect en appliquant sur sa
poitrine le canon d'un pistolet. Tout cela fut
prompt comme la pensée, et plus prompt que
la parole. Ils laissèrent ainsi à Etienne le
temps de descendre. Le paysan infortuné fut

reçu dans les bras de sa fille, et, sur un signal de Prudence, les deux jeunes gens quittent le soldat bâillonné ; les fuyards se perdirent derrière la haie. Le factionnaire tira son coup de fusil au hasard et répandit l'alarme , la troupe accourut en toute hâte , mais la nuit protégeait les fugitifs , et ils étaient déjà bien éloignés dans la campagne quand les soldats appelés par la détonation purent se lancer à leur poursuite.

Je crains bien encore qu'ici Prudence ne trouve des juges, avec raison, sévères pour les moyens qu'elle employa afin de sauver son père. Favoriser chez la sentinelle une passion coupable était, certes, une action digne de blâme ; mais peut-être on se montrera plus indulgent pour cette faute, quand on pensera aux graves raisons qui déjà, je l'espère, lui ont fait pardonner son mensonge.

IV.

Éprouvée par tant de malheurs, Prudence méritait certes bien de trouver enfin une vie paisible, récompense digne de son tendre dévouement ! Dieu ne l'avait pas ainsi ordonné, et il semblait vouloir donner au monde la vie de cette pieuse fille comme un modèle édifiant et pur de ces belles existences consacrées au bien, et qui n'attendent qu'au ciel le repos et le bonheur. Sans doute aussi il voulait punir, comme nous l'avons dit, les moyens condamnables par lesquels elle s'était efforcée d'atteindre un but excellent en lui-même. Étienne Dumoulin s'était enfin décidé, malgré son âge, à se mêler aux troupes vendéennes, au milieu desquelles il pouvait seulement espérer son salut. Prudence avait été obligée de vivre pendant quelque temps de la vie agitée des camps; mais peu de jours après l'évasion d'Étienne, la ville de Cholet étant retombée au pouvoir des Vendéens, M. du Plessis, le seigneur du brave paysan, qui servait sous ses ordres, avait renvoyé sa noble épouse dans le château, voisin de la ville, et préservé comme par miracle de la dévastation générale. Étienne alors avait confié sa chère Prudence à cette aimable dame qui la traitait comme sa fille, et qui cherchait à lui faire oublier par ses soins les malheurs qui avaient accablé sa jeunesse. On vivait depuis plusieurs mois au château dans une sécurité trompeuse. La guerre de la Vendée tenait en échec la république et semblait devoir la faire succomber; les espérances des Vendéens n'avaient plus de bornes, et, dans l'enivrement de leurs glorieux triomphes, ils marquaient déjà le jour où la religion, honorée et la monarchie rétablie feraient oublier les plaies profondes que la hache révolutionnaire avait si brusquement ouvertes. On se félicitait déjà d'un si beau succès, lorsque vers le commencement d'octobre, les républicains se rendirent maîtres encore une fois de Cholet. Madame du Plessis apprend bientôt cette nouvelle fatale ; elle se prépare à fuir... déjà sa faible escorte est armée et l'on va se mettre en route... Il n'est plus temps !... Une colonne qui regagnait Cholet par cette route passe devant le château ; un soldat propose de le brûler ; cette horrible proposition est accueillie avec des cris de joie, et bientôt une soldatesque effrénée envahit la demeure de la respectable châtelaine. Tout tombe sous leurs coups : l'escorte, en un instant massacrée, ne peut pas même faire un simulacre de résistance ; le pillage et le meurtre semblent une distraction de ces bandes, irritées par l'héroïque conduite des Vendéens dans cette horrible guerre. Madame du Plessis elle-même est mortellement atteinte et succombe sous les ruines de son château. Enfin, à la lueur de l'incendie, les républicains gagnent la ville, em-

menant quelques prisonniers réservés à une
mort plus cruelle parce qu'elle était plus lente.
Au milieu de ces prisonniers, hélas ! était Prudence !

L'officier qui n'avait pas craint de comman-
der cette terrible expédition était précisément
celui que, quelques mois avant, Prudence avait
égaré dans la forêt où se cachait son père. Il
reconnut bientôt la jeune fille courageuse qui
s'était jouée de ses vengeances et qui, deux fois,
lui avait ravi sa proie, et incapable dans son fa-
natisme insensé de reconnaître la grandeur de
ce dévouement, il lui promit avec colère d'é-
puiser contre elle toutes les rigueurs de sa loi de
sang. Le malheureux tint en effet sa promesse ,
et deux jours après l'incendie du château du
Plessis, l'infortunée Prudence, coupable de
tant de vertus, avait passé devant un tribunal
révolutionnaire et avait été condamnée à la peine
capitale. Elle entendit sans frémir cette hideuse
condamnation ; seulement elle leva les yeux au
ciel, comme si elle eût voulu témoigner son
impatience d'être ravie dans cette demeure où
le bonheur est inaltérable.

Le lendemain devait avoir lieu l'exécution.
Dès le matin , un homme sombre et sévère fit
appeler la malheureuse enfant et lui ordonna

de le suivre. Les portes de la prison s'ouvri-
rent devant lui, et Prudence bientôt se trouva
dans les rues de la ville. Un instant après, elle
comparaissait devant l'officier qui commandait
à Cholet.

« Tu as été prise hier, lui dit-il d'une voix
brève, au château du Plessis; tu es une brigande convaincue d'avoir trahi la république.
Tu vas mourir... Il y a pourtant un moyen de
te sauver la vie... vois si tu veux le prendre.
Tu connais le repaire des brigands que com-
mande ton père; découvre-le à la justice, et tu
as ta grâce. »

L'officier se tut à ces mots. Prudence le regarda avec une singulière et hautaine expression
de mépris qui fit monter la rougeur au visage
de l'officier, tant la vertu sait dominer le vice
et se faire respecter, même quand elle semble
opprimée et vaincue; puis elle lui dit ces seuls
mots, après lesquels il ne put arracher d'elle
une seule parole :

« Vous me faites pitié ! »

L'officier insista, lui montra la mort prochaine, employa les images tour à tour les plus
capables d'épouvanter et de séduire sa jeune
imagination sans même entamer sa conscience.

Furieux enfin de cette résistance opiniâtre qu'il ne pouvait vaincre, il fit un signe sinistre, et l'on fit sortir la malheureuse Prudence.

L'enfant marchait d'un pas ferme à la mort et traversait les rues de la ville pour gagner la place de l'exécution, qui était à l'extrémité d'un faubourg. On n'avait pas même voulu lui accorder la consolation réclamée par elle de se recommander aux prières d'un prêtre, et la jeune victime invoquait le ciel, le priait de lui pardonner des fautes que la bénédiction sacrée ne pouvait laver. Déjà le tambour avait commencé son funeste roulement, lorsque, sans qu'on pût savoir comment ils s'y étaient introduits, des hommes armés surgissent d'une maison voisine, et envahissent avec désespoir la place du supplice. Ils se jettent sur les soldats, surpris par cette attaque imprévue; chacun de leurs coups est mortel. En un instant les troupes républicaines sont mises en fuite et vont jeter l'alarme dans la ville, pendant que les Vendéens intrépides entraînent la pauvre Prudence, qu'ils ont délivrée, et se replient rapidement vers la forêt. Dieu protégea leur retraite; quelques heures leur suffirent pour rejoindre le gros des Vendéens qui les attendaient. Prudence était sauvée; et c'est à cette époque qu'elle vint cher-

cher un asile plus sûr dans la ferme de mon
père, à qui elle fut recommandée par M. du
Plessis, qui était un ancien ami de ma famille.

www.ingramcontent.com/pod-product-compliance
Lightning Source LLC
Chambersburg PA
CBHW060820180626
46818CB00002B/894